좋은 글 멋진 글 아름다운 글시

내 마음의 시(詩)

글 강신진
그림 원성균

좋은 글 멋진 글 아름다운 글시

내 마음의 시(詩)

저자 | 글 강신진 그림 원성균

발 행 | 2022년 11월 24일
펴낸이 | 한건희
펴낸곳 | 주식회사 부크크
출판사등록 | 2014.7.15.(제2014-16호)
주 소 | 서울특별시 금천구 가산디지털1로 119
　　　　(SK트윈타워 A동 305호)
전 화 | 1670-8316

ISBN　979-11-410-0316-6
www.bookk.co.kr

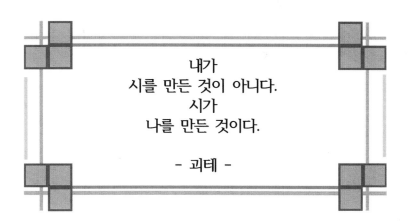

내가
시를 만든 것이 아니다.
시가
나를 만든 것이다.

- 괴테 -

차 례

제3부 행복한 교사되는 길

제4부 모두 아름답게 사는 길

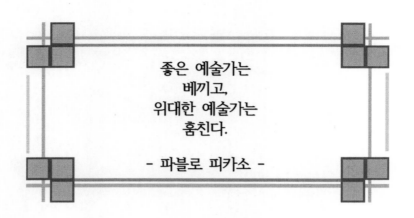

좋은 예술가는
베끼고,
위대한 예술가는
훔친다.

- 파블로 피카소 -

작가의 말

우리나라 교육기본법 제2조(교육이념)에는" 교육은 홍익인간(弘益人間)의 이념 아래 모든 국민으로 하여금 인격을 도야(陶冶)하고 자주적 생활 능력과 민주시민으로서 필요한 자질을 갖추게 함으로써 인간다운 삶을 영위하게 하고 민주국가의 발전과 인류공영(人類共榮)의 이상을 실현하는 데에 이바지하게 함을 목적으로 한다."로 되어 있습니다.

대한민국의 행복한 학교를 소망하고, 교육 본질과 교사의 역할을 공감하며 이해하는 내용의 글과 시. 교육 경험을 반성하고 넓게 생각하며 마음대로 쓴 글입니다.

교사의 기쁨과 슬픔, 괴로움과 외로움, 희망을 기대하는 안타까움, 격려와 기대, 지지와 인정, 책임과 배려 등이 어깨 위에 남아있다. 교사의 수업 전문성과 교사 교육의 비전에 관한 내용을 다루고 있는 기본적인 교양서가 되길 기대합니다.

학교에 던지는 교육 의미는?

대한민국 교사의 역할은?

공부의 의미는?

오랜 기간 교사 경험을 삶과 생각하며 교육을 추상적으로 작성하고, 현실의 상황을 글로 작성한 시로 표현한 책으로 불리고 싶습니다. 학생을 가르치는 초·중·고등학교 선생님에게 교사의 역할과 행복한 학교에 대하여 편안하게 생각하는 시간을 갖기를 기대합니다.

대한민국 교사를 위한 교수 연구 활동을 지원하는 글모음.
교수·학습의 경험 내용을 시로 표현,
학교와 수업에 대한 수다를 깨닫는 글모음으로,
지지와 격려를 기대하는 바입니다.
나의 마음 표현은 비틀즈의 'Let it Be~'

책을 쓰면서 교직 생활을 다시 한번 돌아볼 수 있는 마음으로 교육을 살펴보며 작성했습니다. 우리나라 교육의 희망을 바라며, 따뜻하고 아름다운 행복한 학교에서 학생을 가르치는 선생님께 글시(詩)를 드립니다. 다음번 '글시-2' 작품 응원을 기대하며, 공감과 위로와 감사를 드립니다.

선생님이 자랑스럽습니다.
대한민국의 미래 인재 양성하는 선생님의 노고가
대한민국의 미래이고, 희망입니다.

2022년 11월
강신진 원성균

1부 기본이 바로 서는 길

내 마음의 풍경
그림 원성균

1부 기본이 바로 서는 길

내 마음의 시   - 13 -

기본이 바로 서야

우리나라의 미래는 지금 가치관의 선택에 달려 있다. "윗물이 맑아야 아랫물이 맑다"라는 말이 있다.

윗사람이 잘해야 아랫사람도 잘하게 된다는 뜻이다.

부모가 모범을 보여야 자식도 효자 노릇을 하게 된다는 의미다.

가정과 학교, 사회에서 기본이 바로 서는 교육을 제대로 하길 바란다. 교육에서는 학생들이 무엇을 가치 있게 배울까 걱정이다.

기본을 잘 가르치고 배우는 대한민국 교육을 희망한다.

기본을 잘 지키는 대한민국 바라며

우리나라 파이팅이다.

BASIC

기본이 바로 서야,
가정이 바로 서고,

가정이 바로 서면,
학교가 바로 선다.

학교가 바로 서야,
사회가 바로 서고,

사회가 바로 서면,
국가가 바로 선다.

아름답게

국가는 나라답게
교육제도는 교육답게

교육은 사람답게
학교는 아름답게
교사는 스승답게
부모는 학부모답게
학생은
잘 배워 나답게

모두
다
아름답게

이 일은 무엇일까요?

이 일은 무엇일까요?

이 일은 나에게 작은 일이나 큰일이기도 합니다.

이 일은 내가 하기에 따라 매우 쉬운 일입니다.

그러나 하고 싶은 일이기도 하며, 하기 싫은 일이기도 합니다.

이 일은 가볍게 여긴다면 후회하는 일이기도 합니다.

이 일은 당신이 하는 대로 그저 따라가는 일입니다.

이 일 때문에 나를 좌지우지 할 수 있는 일이기도 합니다.

따라서 이 일은 기뻐하거나 슬퍼하는 일의 반복입니다.

이 일은 뿌듯함을 주기도 하며, 자신감을 가지게 합니다.

이 일은 배우기도 하며 가르치기도 합니다.

이 일은 위대한 일이고 대단한 일입니다.

이 일은 평생 하는 일입니다.

그러므로 이 일은 미래에 가치가 있는 일입니다.

이 일은 무엇일까요?

이 일은 공부(工夫)입니다.

교사의 삶

좁게 보면 교실이나
넓게 보면 온 세상이라

깊게 보면 바다 같은 사랑이요
높게 보면 하늘과 같은 푸르름이다.

작게 보면 분필이요
크게 보면 태산이라.

짧은 순간 비극이나
길게 보면 희극이라.

누구일까요?

그는 나에게 자상한 미소를 짓고 따뜻함을 준다.

국민 누구에게나 큰 어른이기도 하다.

그는 나의 길을 알려주거나 찾아주는 사람이다.

그는 함께 하고 싶은 사람이기도 하다.

어느 날은 정말 대하기 싫은 사람이기도 하다.

그를 우습게 여긴다면 후회하는 일이 생길 때도 있다.

그는 그저 알려주고 도와주는 일을 하는 사람이다.

그는 기뻐할 때도 있고 때론 안타까움을 느낄 때도 있다.

그는 따뜻함을 주며, 자신감을 가지게 한다.

그는 배우기도 하며 가르치기도 한다.

그는 위대한 사람이고 대단한 사람이다.

그는 평생 교육하는 사람이다.

그러므로 그는 미래에도 가치가 있는 사람이다.

그는 누구일까요?

교사는 전문가인가?

교사는 전문직이라고들 하던데

가르치는 전문가

무엇을 가르치나?

지식을, 인격을, 가치를, 철학을….

교육 전문가? 평가 전문가?

알고 보니

진도 나가고 평가하는 지식 전달 노동자

가치와 현실을 오고 가는 정신 노동자

늘 서서 말하는 육체노동자

마음을 헤아려야 하는 감정 노동자

교사는

전문가인가?

전문직업인가?

그냥 Teacher인가!

공무원

그대는 누구인가?
국민에 대한 봉사자
국민에게 서비스하는 자
사회 변화에 대응하는 자
봉사와 협업을 하는 자
새로운 정보 창출하는 자

국민에게 공감과 교감하는 자
누구에게나 감성과 공감하는 자
모험과 변화에 도전하는 자
국제 변화에 선도하는 자

주어진 소명 의식 가득한 자
신념과 의지가 강한 자
새로운 가치 창조하는 자
그대는 누구인가?

공무원은
국민 전체에 대한 봉사자이다.

대한민국 헌법
제7조

① 공무원은 국민 전체에 대한 봉사자이며, 국민에 대하여 책임진다.

② 공무원의 신분과 정치적 중립성은 법률이 정하는 바에 의하여 보장된다.

공무원은 지켜야 할 게 많다.
헌법, 국가공무원법, 법규, 규칙을 지켜야 한다.

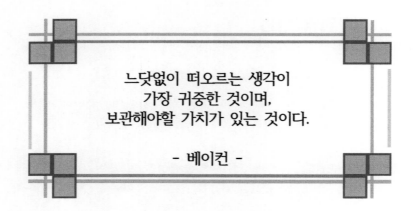

느닷없이 떠오르는 생각이
가장 귀중한 것이며,
보관해야할 가치가 있는 것이다.

- 베이컨 -

2부 아름다운 학교를 위하는 길

그림 원성균
장소 유명산 - 등산하는 중 흐르는 물소리가 들려서 보니

제2부 아름다운 학교를 위하여

내 마음의 시   - 27 -

맹자(孟子)의 군자삼락(君子三樂)

孟子 曰(맹자왈),

父母俱存 兄弟無故 一樂也

(부모구존 형제무고 일락야)

부모가 살아 계시고 형제가 무고한 것이

첫째 즐거움이고

仰不愧於天 俯不怍於人 二樂也

(앙불괴어천 부부작어인 이락야)

위로는 하늘에 부끄럽지 않고

아래로는 사람들에게 부끄럽지 않는 것이

둘째로 즐거운 일이고

得天下英才 而敎育之 三樂也

(득천하영재 이교육지 삼락야.)

천하의 영재를 얻어

가르키는 것이

셋째의 즐거움이다.

교육기본법을 알아보자

교육기본법 제14조〔교원〕

① 학교 교육에서 교원(敎員)의 전문성은 존중되며, 교원의 경제적·사회적 지위는 우대되고 그 신분은 보장된다.

② 교원은 교육자로서 갖추어야 할 품성과 자질을 향상하게 시키기 위하여 노력하여야 한다.

③ 교원은 교육자로서 지녀야 할 윤리 의식을 확립하고, 이를 바탕으로 학생에게 학습 윤리를 지도하고 지식을 습득하게 하며, 학생 개개인의 적성을 계발할 수 있도록 노력하여야 한다.

교원(敎員)의 신분보장에 대하여

①항은 "학교 교육에서 전문성은 존중되며, 교원의 경제적·사회적 지위는 우대되고 그 신분은 보장된다."이다. 교사의 전문성이 존중되고 우대되고 있는지는 교원들만 안다. 오늘날 과연 교사의 전문성이 존중되는지 묻고 싶다. 교사는 가르치는 전문가이다.

지금의 사회와 학교 상황은 어떠한가?

오늘날 교원은 존중받는가?

나는 존중받을 자격이 있는가?

사회적 측면에서 ②항에는 "교원은 교육자로서 갖추어야 할 품성과 자질을 항상 시키기 위하여 노력하여야 한다"이다.

건강한 국민의 삶을 살아가는 민주시민이고 교사 스스로 갖추어야 할 품성과 자질은 많다. 학교생활에서 겸손과 학생들에 대한 경청을 많이 필요로 한다.

학생을 이해하고 돕는 태도가 내면화 되어야 한다. 상호 존중과 배려가 몸에 배어서 내면화되길 행동하려고 노력해야 한다. 한 번 더 다짐한다. 과거를 돌아보면 올바른 언어의 사용과 복장, 학생을 대하는 눈빛과 용어가 점잖게 하지 못한 것 같다. 지난 시절을 다시 생각해 보면 크게 반성한다. 이유 없이 잘못했음을 인정한다.

이제는 말할 수 있다. 그때를 잘못 용서해 달라고.

교원은 그 자체가 행복이다. 학교생활의 즐거움과 보람이 기다리는 일이다. 일부 교원은 사회적으로 손가락질받기도 한다. 교원 한 사람이 저지른 나쁜 짓으로 인해 그 사람의 속한 교원단체의 이미지를 수치스럽게 만드는 경우가 가끔 발생한다. 속담으로는 '어물전 망신은 꼴뚜기가 다 시킨다'가 있다. 그렇다고 교원을 어물전으로 표현하는 것은 절대 아니다. 속담을 속담으로 이해해야 한다. 맑은 웅덩이에 미꾸라지 한 마리라 생각하면 된다. 교육자로서 지녀야 할 윤리 의식을 확립하고 모범적인 행동을 보여야 하는 게 교원이다.

③항에는 "교원은 교육자로서의 윤리 의식을 확립하고, 이를 바탕으로 학생에게 학습 윤리를 지도하고 지식을 습득하게 하며, 학생 개개인의 적성을 계발할 수 있도록 노력하여야 한다"이다.

③항을 실천하는 교원으로서 학생에게 학습 윤리를 지도하고 지식을 습득하게 하는 과정에서 문제점이 많이 발생한다. 학생들은 질서와 규칙을 어기는 경우가 많아지고 있다. 말로 윤리를 가르치고 있으나 듣지도 않고 실천하지도 않는다. 어찌하랴. 특별한 방도가 없다.

교사의 생활교육도 점점 힘들어지고 있다.

학생에게 기초적인 윤리는 잘 지키도록 가르친다. 다만 학생들이 실천하지 않고 지내는 모습을 보니 안타까울 따름이다.

초등학교에서의 바른 생활 덕목이다. 수업 시간 지식과 기술 습득에 윤리 덕목을 함양시키며 질서와 규칙 준수의 교육이 중요하다. 교과 분야에 해박한 식견을 갖추고 교과 교육과정 개발자로서 평가자로서 교과 전문성을 함양한다.

학생들의 학교생활 교육법이 필요한 시점이다.

요즈음 사회 현상으로 보면 법은 이렇게 되어 있다지만 현재 학교의 상황은 거리가 멀다.

평생학습

언젠가 배우고
지금까지 가르치네!
어제도 오늘도 내일도 가르치고
매일 배우나 보다.
나는 지금도 가르치고
내일도 가르치고
지금도 배운다.

배워서 남 주자니 아깝지 않지만
빈 곳을 채우려니 시간이 부족하네!
날마다 배우고 가르치고
지금도 내일도 건강하고 행복하게
다음에도 늘 그러하길 바라며
나는 늘 가르치며 배운다.

결국
평생학습 한다.

학생은 규칙을 준수하여야 한다.

우리나라 교육제도에 대한 기본법이며 교육행정의 기본 지침이 되는 법률이 교육기본법이다.

학교는 학습자의 능력이 최대한으로 발휘될 수 있도록 마련되어야 한다고 되어 있다. 과연 최대한으로 시설과 환경이 잘 갖추었는가?

교육기본법 12조

교육기본법 12조를 살펴보자. 나는 무엇을 해야 할까?

교육기본법 12조

제12조(학습자)
① 학생을 포함한 학습자의 기본적 인권은 학교 교육 또는 평생교육의 과정에서 존중되고 보호된다.
② 교육 내용·교육 방법·교재 및 교육시설은 학습자의 인격을 존중하고 개성을 중시하여 학습자의 능력이 최대한으로 발휘될 수 있도록 마련되어야 한다.
③ 학생은 학습자로서의 윤리 의식을 확립하고, 학교의 규칙을 준수하여야 하며, 교원의 교육·연구 활동을 방해하거나 학내의 질서를 문란하게 하여서는 아니 된다.

교육기본법 12조에 의하여 ③항 " 학생은 학습자로서의 윤리 의식을 확립하고, 학교의 규칙을 준수하여야 하며, 교원의 교육·연구 활동을 방해하거나 학내의 질서를 문란하게 하여서는 아니 된다." 이를 잘 지키도록 해야 한다.

이런 법은 왜 존재하는가?

있으나 마나 한 법은 있는 데 있어야 할 법은 없다.

세상에 이런 법이~

학생은 학교의 규칙을 준수하여야 하며, 교원의 교육·연구 활동을 방해하거나 학내의 질서를 지켜야 한다는데 과연 그러한가. 요즈음의 학교는 서로의 차이가 너무나 커서 안타깝다.

좋은 방법은 무엇일까?

학교는 교권 침해를 넘어 다른 학생의 학습권까지도 침해하는 문제행동에 대해 대책이 필요하다.

교사는 지금도 수업하면서 외친다.

오늘도 무사히

함께라면

정다운 소리 시끄러운 소리와 함께라면
산만하고 조용한 분위기와 함께라면
노력과 땀 의지와 바람과 함께라면
웃음과 성냄과 마음과 함께라면
미소와 여린 마음과 함께라면
나는 좋겠네!

그대에게 사랑과 열정 모두 다 함께라면
호기심과 열정 그리움과 함께라면
꿈과 함께 기대와 함께라면
부드러움과 따뜻함과 함께라면
힘들 때 기쁨과 함께라면
나는 감사하겠네!

덕후와 열정과 함께라면
반가움과 그리운 추억과 함께라면
현재와 미래 늘 함께라면
이 세상 바랄 게 없네!

보호자는 책임을 진다.

교육기본법 13조

제13조(보호자)

① 부모 등 보호자는 보호하는 자녀 또는 아동이 바른 인성을 가지고 건강하게 성장하도록 교육할 권리와 책임을 가진다.

② 부모 등 보호자는 보호하는 자녀 또는 아동의 교육에 관하여 학교에 의견을 제시할 수 있으며, 학교는 그 의견을 존중하여야 한다.[1]

가정에서는 가정교육이 중요하다. 부모 및 보호자는 보호하는 자녀와 아동이 바른 인성을 가지고 건강하게 성장하도록 교육할 권리와 책임을 진다.

부모의 마음을 헤아리는 내 자식이 얼마나 될까?

요즘에는 부모의 마음을 조금이나마 이해할 기회가 많을까?

"세 살 버릇 여든까지"라는 말이 있다.

부모는 어릴 때 가정교육이 매우 중요하니 올바른 습관이 형성되도록 가르치고 보호해야 한다는 의미다. 부모는 자녀의 최초 교사이고, 최고의 스승이 된다.

---

1) 교육기본법 https://www.law.go.kr

아이들은 부모의 사랑을 먹고 자란다. 특히 엄마의 사랑은 자녀의 성장에 매우 중요하다. 제일 중요한 사실이다. 요즈음 가정과 학교 교육이 많이 흔들리고 있다. 중심을 잘 잡아야 할 시점이다.

오늘날 자녀 교육의 단면이다. 누구는 유아 시기부터 부모의 사랑을 받으며 지내는 게 아니다. 사는 게 뭔지 생계유지를 위한 활동에 늘 바쁘다. 바빠서 아이들은 누군가에 의존하며 지낸다. 그러다 보니 오냐 오냐를 하게 된다.

자녀의 교육은 자녀의 미래이다. 자녀의 미래는 부모에 의해 좌우되는 게 요즈음의 현상이다. 자녀가 성실하게 살아가도록 모범을 보이고 방향을 제시해야 한다.

과거 도시락을 싸주시던 어머니의 마음이 생각난다.

도시락 속에 건네는 자식의 마음 '쪽지 한 장, 잘~ 먹었습니다' 기억난다. 요즈음 학생들은 학교 급식으로 인해 당연하게 밥을 먹는 줄 안다. 한 끼의 정성과 노력을 생각하면 좋으련만.

잘 먹었습니다. 감사합니다.

어디선가 들리는 듯하다.

한 끼의 정성

혼을 다해 마음으로 뿌리고
인내하며 참고 키우고
기르고 가꾸는 정성을 다하니

때가 되어 수확하고 나르고
깔끔하게 다듬는 꼼꼼함에
양식이 식탁에 올라오기까지

우리의 배고픔을 채우는
맛있는 한 끼는
엄마의 따뜻한 정성입니다.

그대에게

다 이룰 것이다.

잘 읽어보자, 교과서 핵심 내용을
잘 살펴보자, 도표와 그림 의미를

잘 들어보자, 수업 시간 선생님 설명을
잘 질문해 보자, 아는 것과 모르는 내용을

잘 찾아보자 알고 싶은 사항 인터넷 검색을
잘 표현해 보자, 아는 내용 무엇인지 그림을

잘 말해보자, 나의 주장과 생각을
잘 써보자, 깨달음과 느낌과 소감을

잘 도전하자
제대로 이 모든 것을

학력이란 무엇인가?

학력(學歷)은 학교 교육과정을 마친 경력을 말한다.

과거부터 학력(學歷)이 높을수록 좋은 회사라는 곳에 취직도 하고, 좋은 직업이라는 직업을 선택해서 신분 상승과 가난에서 벗어날 기회가 많았다. 그래서 과거 부모님들은 교육열이 매우 높고 교육에 많은 돈을 투자하는 경우가 많다. 학력(學歷)이 높을수록 고소득을 보장하며 직업의 근로 환경도 일반적인 환경보다 좋기 때문이다.

행복은 성적순이 아니다. 학벌이 좋을수록 경제적인 부가 높을 가능성이 존재한다. 이런 현상이 우리나라이다. 학벌 차가 소득 차로 이어져 삶의 만족도에 영향을 준다. 학벌이 상위 계층으로 갈 수 있는 역할을 많이 했다. 지금은 서서히 변화되고 있지만 여전하다.

학력(學歷)이 학력(學力)과 비례하지 않는다. 학교에서의 학력(學力)이란 학력(學力)을 신장시키는 것을 의미한다. 즉 배우고 익히는 능력이다.

교사는 학생들에게 평생 학습하는 학력(學力)을 기르는 것이다. 즉 학력(學力)이 중요한 시대이다.

만만하니

공부가 쉬워 보이는가?
학습을 만만하게 대하는 자여
학습이 멀고도 험한 길인데
만만하게 보이니

힘들어도 이겨내고 극복해야지
대가 없이 실력이 쌓이지 않는다
세상에 공짜는 없다.
값을 치러도 보상받기 힘든 일인데

그대여
인내하고 노력하는 자는
결과는 반드시 인정받는다.

만만하니
실력은 댓가 치른 만큼이다.

능력

국적(國籍)은 바꿀 수 있어도
학적(學籍)은 바꿀 수 없나 보다.
학위(學位)가 필요한가?
학력(學歷)이 필요한가?
학력(學力)이 중요하다.

능력(能力)은 경력(經歷)이다.
경력(經力)은 역경(逆境)에서 나온다.
경력(經歷)은 실력(實力)이다.
실력(實力)이란 무엇인가?
학력(學力), 저력(底力), 체력(體力),
매력(魅力)….

인간적인 매력(魅力)은
훌륭한 능력(能力)이다.

역경은 실력이다

역경이 쌓이면 경험이 생기고
경험이 쌓이면 경력이 되고,

경력이 쌓이면 능력이 생기고
능력이 쌓이면 실력이 되고,

실력이 쌓이면
원하는 바 성취한다.

팔자 피는 인생 살아가기

국어사전에 있는 내용 중에서 쌍기역(ㄲ)이 들어있는 단어를 살펴보자. 꼬마, 까치, 끈, 까마귀, 도깨비, 꽃…. 등이 많이 있다.

쌍기역(ㄲ)으로 시작하는 한 글자 단어를 살펴보자. 끼, 까, 꾸, 껌, 꿈, 꽃, 꿀, 깨, 꿩, 꾀, 끈, 꼴, 꾼, 꽃, 꺽, 꼭, 깡, 꽝…. 미래 바람직한 삶을 위한 쌍"ㄲ"으로 시작하는 한 글자 단어이다. 8가지를 선택하여 "팔자 펴는 인생"을 위한 8가지 TIP의 글자 의미를 나름대로 작성하여 권한다.

"팔자 펴는 인생" 8가지 TIP

1. 꿈 - 청소년이여 원하는 꿈을 가져라.
2. 끼 - 잘하는 분야의 재주를 기르자
3. 깡 - 열정, 집중, 끈기와 다져라.
4. 꼴 - 자세를 잘 올바르게 갖추어라.
5. 꾼 - 프로정신으로 전문성을 기르자
6. 끈 - 인간관계 네트워크를 잘 유지하라
7. 꾀 - 궁리하고 영리하게 창의성을 가지라
8. 꼭 - 어떤 일 반드시 꼭 이루어라.

누구나

누구나 할 수 있고 누군가 원하지만
누구는 할 수 있고 누구는 될 수 없네!
할 수 있고 될 수 있는 누군가는 누구인가?

아무나 할 수 있고 아무나 기회지만
아무는 할 수 있고 아무는 될 수 없네!
할 수 있고 될 수 있는 아무나는 누구인가?

안 되면 되게 하고 못 되면 다시 하고
누군가는 할 수 있고 아무나도 될 수 있고
할 수 있고 될 수 있는 누구나가 아무나 다

지혜로움

다 같은 수업이나
똑같은 수업은 없고

톡 튀는 수업이나
독특하게 수업해도
이해하고 깨닫는 것 마음먹기 달려 있다.

경청해야 이해하고
반복하고 반복해야 기억되고
주어진 시간
평생토록 아끼는 게 지혜로움이라.

오늘 뭐 하지

어서 와 반가워
자리에 앉아 나를 반긴다.

오늘 뭐 하지
오늘은 무엇을 할까?
외울까 써볼까 그려볼까 만들어 볼까?
무엇을 할까?
무엇이든 할 수 있는 곳
뭘 하고 싶은데 물어본다.

글쎄 걱정되네!
도와줄래? 마음대로 안 되네
마음대로 될 수 있을까?
두렵다 걱정이다.
이곳에선 매일 일상이 이렇다.
띵동띵동
아무 일 없이 또 시작이다.

나를 반기네

발길이 머무는 그를
언제나 나를 반긴다.
땀방울 맞이하며 함께한다.

넘어지고 눌리고
파헤쳐도 발길을
뚜벅뚜벅 반가운
넘어지면 크게 감싸고,
치이고 눌려도 감싸고
뒹굴뒹굴 굴러도 품에 반긴다.

오늘도 묵묵하게 기다리다가
어서 와 반긴다.
또 다른 이를 기다린다.
차별하지 않고 누구든지 반긴다.

수업

수업은 종합 예술

수업은 기술

때가 있다

이 꽃은
봄에 성격이 급한지 빨리 피고

저 꽃은
여름에 열정이 많아 활짝 피고

그 꽃은
가을을 기다리며 늦게 피고

숨은 꽃은
모두 움츠리는 한겨울에 크게 피고

그 꽃 크는 시기 다르고
피는 때가 다 다르다.
다 때가 있다.

내 멋대로

애들아 조용히 해

말하지요.

설명하는 데 입 다물고 있으라고

애들은 말하지요.

뒤에서 자기들끼리 모여서

다 아는데 듣기 싫은 잔소리 또 한다고

얘들아, 지각하지 말라

전하지요.

아침형 인간이 되어 학교에 오라고

애들은 외치지요.

아침에 일찍 일어나기 정말 힘들어요.

또 잔소리 아침도 못 먹고 오는데 늦게 온다고

얘들아

용의 단정히 해라

예절과 규칙 질서를 잘 지키라고

강조하지요.

애들은 말하지요.

교복도 체육복도 전혀 맘에 안 들어요.

청춘이에요

내 멋대로

꾸미고 표현하고 싶어요.

얘들아, 사랑한다.

이런 버릇

입버릇으로

못하면 비난과 불평을 삼가고

칭찬과 감사를 만들라네

몸 버릇이여

표정은 찌푸린 얼굴보다는

늘 활짝 웃는 사람이 되라네

마음 버릇은

학생 행동에 부정적인 생각을 버리고

늘 긍정적인 생각을 하라네

내 말

전하는 내 말
고운 말, 바른 말, 옳은 말 인데
잔소리라네
내 말은 삶을 바꾸는 말이다.

자꾸 전하는 내 말
듣기 싫은 말, 듣기 좋은 말인데
뻔한 소리라네
내 말은 삶을 바꾸는 말이다.

내 말의 힘은
앎에서 삶으로, 행함으로 기대한다.

앎은 삶이요

앎이란 무엇인가?
알아보려 하나 잘 알지 못했다.

삶은 무엇인가?
살아보니 잘 살지 못했다.

잘 알지도 못하고 잘 살지도 못하니
제대로 알게 된다.

그래서
앎은 위대한 삶이요
모두 다 잘하는 행함이 으뜸이다.

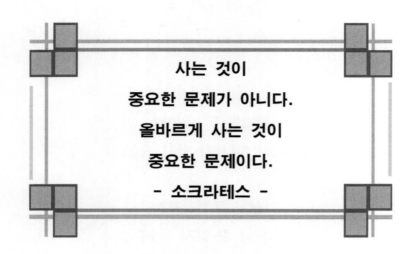

사는 것이
중요한 문제가 아니다.
올바르게 사는 것이
중요한 문제이다.
- 소크라테스 -

3부 행복한 교사 되는 길

그림 원성균
장소 유명산 - 등산하는 중 흐르는 물소리가 들려서 보니

제3부 행복한 교사 되는 길

군자의 인생 3락(三樂)

學而時習之, 不亦說乎(학이시습지, 불역열호)

젊어서 배우고 때때로 익히니

기쁘지 아니한가?

有朋自遠方來, 不亦樂乎(유붕자원방래, 불역락호)

벗이 멀리에서 찾아오니

즐겁지 아니한가?

人不知而不慍, 不亦君子乎(인부지이불온 불역군자호)

남이 나를 알아주지 않아도 화나지 않으니

군자답지 아니한가?

교육의 목적은 무엇인가?

교육(education)의 사전적 의미

'인간의 가치를 높이는 과정 혹은 방법'이란 뜻으로, 라틴어의 'educatio'에서 유래했다. '내면의 것을 끌어낸다.'라는 의미다. 능력을 이끌어 내는 게 교육이다.

아인슈타인은 "교육의 목적은 인격의 형성에 있다. 교육의 목적은 기계적인 사람을 만드는 데 있지 않고 인간적인 사람을 만드는 데 있다. 또한 교육의 비결은 상호 존중의 묘미를 알게 하는 데 있다. 일정한 틀에 짜여진 교육은 유익하지 못하다. 창조적인 표현과 지식에 대한 기쁨을 깨우쳐 주는 것이 교육자 최고의 기술이다."라고 말했다. 앎에 기쁨을 배움에 만족을 주는 게 교육이다. 교육을 다시 생각하게 한다.

나의 잠재 능력을 꺼내어 기르는 게 교육이다.

오늘날 우리나라 교육기관은 교사도 학생도 행복하지 못한 것이 현실이다. 여러 가지 이유가 있지만 오늘날 입시 위주 교육이 주원인이다. 이제는 국민 모두 교육의 본질을 회복해야 한다.

우리나라의 교육기본법 제2조를 다시 한번 살펴본다.

"교육은 홍익인간(弘益人間)의 이념 아래 모든 국민으로 하여금 인격을 도야(陶冶)하고 자주적 생활 능력과 민주시민으로서 필요한 자질을 갖추게 함으로써 인간다운 삶을 영위하게 하고 민주국가의 발전과 인류공영(人類共榮)의 이상을 실현하는 데에 이바지하게 함을 목적으로 한다."라고 규정한다. 홍익인간은 "널리 인간 세상을 이롭게 하라."라는 개념이다. 모든 사람이 어우러져 더불어 행복하게 살아가는 뜻으로 해석된다. 교육의 목적이자 우리나라 교육의 이념이다.

교육기본법에 존재하는 교육이념 홍익인간(弘益人間)이다. 홍익인간은 우리나라의 정체성이다. 홍익인간 교육을 더욱 충실히 해야 한다고 외친다. 홍익인간은 우리나라 교육이념이며, 지구촌의 교육을 생각하는 세계평화 교육의 주춧돌이다.

나에게 홍익인간은 무엇인가?

페스탈로치는 "가정은 도덕상의 학교다. 가정에서의 인성교육은 중요하다."라고 강조했다. 교육의 기본은 가정이다. 가정에서 자녀교육과 부모의 교육에 대한 가치가 중요하다. 가정과 학교, 사회와 국가에서 기본이 바로 서는 교육을 시도해보자. 기본을 잘 지키도록 가르치고 배우는 대한민국 홍익인간 교육을 희망한다.

공부(工夫)

공부(工夫)는
학문이나 기술을 배우고 익히는 것
학교 공부가 있고 인생 공부가 있네!
마음가짐은
공부는 간절하게, 딴생각하지 말아야 하며
집중해야 한다네

진정한 공부는 무엇인가?
진정한 공부는 사람을 존중하는 공부
자연을 살피는 공부, 세상을 밝게 하는 공부
세상을 맑게 하는 공부

더불어 돕는 게 공부라네
사는 것 자체가 다 공부라네
무엇을 위하여 공부하나?
공부는 평생 하는 것이라네

4C

Communication
의사소통 능력

Critical Thinking
비판적 사고능력

Collaboration
협업 능력

Creativity
창의력

황금률(黃金律)

황금률(黃金律)은 수많은 종교와 도덕, 철학에서 볼 수 있는 원칙의 하나이다.

성경 누가복음 6장 31절에 "남에게 대접받고자 하는 대로 너희도 남을 대접하라."가 기록되어 있다. 누가복음 6장 37절에는 "비판하지 말라 그리하면 너희가 비판받지 않을 것이요 정죄하지 말라 그리하면 너희가 정죄를 받지 않을 것이요 용서하라 그리하면 너희가 용서받을 것이요."라는 구절이 있다.

모든 것은 나로부터 시작이다. 다른 사람을 존중하고 친절과 사랑으로 마음을 다하면 변화한다. 상대를 바꾸려고 하지 말고 내가 변한다. 나도 변하면 상대도 변한다.

학교의 교사에게 교실의 학생에게 하라고 지시하고 전달하는 게 아니라 내가 변하는 것이다. 꼰대 소리 듣지 않으려면 내가 모범을 보인다. 내가 변한다. 그래야 교사에게 학생에게 영향력 있는 교사가 되는 것이다.

플라톤은 변화에 대해 "가장 빠르고 가장 가치 있는 승리는 자신을 극복하는 일이다. 자기에게 정복당하는 것은 가장 치욕스러운 일이다. "라고 말했다.

변화는 내가 먼저. 나를 이해하고 나를 존중하고 나를 이기는 게 자신을 이기는 것이다. 변화는 쉽지 않다는 의미다.

CHANGE

교사로 산다는 것은

아리스토텔레스는 "행복한 생활은 덕에 의한 경우가 많다. 덕을 실천하는 사람, 덕을 생활 속에 베푸는 사람, 그런 사람에게 행복이 따른다. 행복하고 싶거든 덕에 의한 생활해라"고 했다.

오늘 행복하십니까?

교사에게 부여된 소명(mission)은 학생을 제대로 잘 가르치는 것이다. 교사는 희노애락(喜怒哀樂, 기쁨, 노여움, 슬픔, 즐거움)의 생활이고 동분서주(東奔西走, 몹시 바쁘게 돌아다님)의 삶이다.

교사로서 보람찰 때도 있고, 그만두고 싶을 정도로 자존심 심하게 상하기도 한다. 또한 교사는 학생, 학부모, 관리자와 관계가 힘들 때도 많다. 재직하고 있는 기간 인내하고 지내보면 교사로서 보람과 긍지를 느낄 때도 있다.

교사 생활에 만족감을 유지하려면 초심을 유지하며 열심히 하는 게 중요하다. 감사하는 마음은 일상의 스트레스를 이길 수 있는 활력소이며 보약이다.

나는 가르치는 덕후(德厚)인가?

교사의 직업은 천직(天職)이다.

여기서 말하는 천직은 천한 직업 천직(賤職)이 아니라는
말이다. 이 세상에는 천직(賤職)은 없다. 다만 천한 행동을
하는 사람이 있을 뿐이다.

오늘날 모든 직업은 사명감과 책임감을 느끼며 세상에 이
바지한다. 세상 모든 직업은 다 천직(天職)이다.

교사라는 직업은 거룩하고 자랑스러운 직업이다.

교직은 천직(天職)을 넘어 거룩한 직업이다.

교직은 성직(聖職)인 것이다.

교직은 성직(聖職)이다.

힘드니까 교사다

교사는 가르치는 삶이다.

생각하며 가르치고,

말로 가르치고,

글로 가르치고,

행동으로 가르친다.

수업 준비 힘들고,

공문처리 너무 힘들고,

학생 지도 진짜 힘들다.

힘드니까 교사다.

학교생활 기쁘고, 신나고, 행복할까?

미소 짓고, 함께 웃으며

즐겁게 지내는 게 교사다.

가끔은

마음 아프고, 괴롭고, 외롭다.

아프니까 교사다.

외로우니까 교사다.

괴로우니까 교사다.

그래서 교사다.

교사는 한마디로 힘들다.

힘드니까 교사다.

보람과 만족이 조금씩 가까이 온다.

끝까지 힘내시라.

Teacher

Teacher
of student
by student
for student

Facilitator
Mentor
Leader
Server
Tipper
Helper
Giver
Lover

사화만사성(師和萬事成)

교사가 행복하면
모든 일이 잘 이루어진다네

교사가 행복해야 학생들이 행복하다네
학생이 행복해야 학부모도 행복하다네
학부모가 행복하면 학교가 행복하다네

행복한 학교는
교사에 달려 있다네
가정과 학교, 사회에서
모두 행복해지는 방법이라네

모두가 행복한 학교가 되기를 기대한다네
이는 진리라네
사화만사성이다.

나 어떻게

교육의 의무인가 의무교육인가?
교육은 가르침이요
의무는 책임이 따른다.

교사 의무 불이행은 채찍질하면서
학부모 의무 불이행은 어쩌나?
학생 의무 불이행은 더욱더 걱정이네

학생은 신난다고 제 맘대로 하는데
교사는 힘들다고 아프고 병나고
학교는 기본 생활 습관 어렵고 인성 교육 더디고
국가는 인권만 강조하네!

이런 지금 나 어떻게 해
아~ 안타깝다.
걱정이다.

내가 하는 이 일은

내가 하는 이 일은 아름다운 일
그를 위하고 나를 위하고
이 일은 모두를 위하기 때문이다.

내가 하는 이 일은 따뜻한 일
큰 웃음을 주고 나에게 만족을 주는
이 일은 누군가를 위하기 때문이다.

내가 하는 이 일은 훌륭한 일
그에게 희망을 주고 더 큰 꿈을 키워주는
이 일은 우리를 위하기 때문이다.

내가 하는 이 일은 위대한 일
큰 기쁨을 주고 더 큰 보람을 주는
이 일은 눈부시게 영원하기 때문이다.

이 말을 전합니다.

고마운 일 많은 학교
모든 분에게 전합니다
고맙습니다.

감사한 일 많은 교실
감사합니다.

사랑이 많은 수많은 학교
사랑합니다.

마음 아프게 한 그때 그 시절
반성합니다.

오늘 외치는 말
다시 한번 감사드립니다.

한잔

아침에 학교에서 따끈하게 한잔
수업 종 치기 전 재빠르게 한잔
마치면 느긋하게 한잔
빈 시간 여유 있게 한잔
오늘도 무사히 들이마신다.

식사 후 습관처럼 한잔
수업 후 종 치면 편안하게 한잔
나른해지면 거침없이 한잔
비우면 또 여유 있게 한잔
지금도 감사히 들이마신다.

언제까지나
모든 시름 다 모아
또
한잔 들이마신다.

내 말이 맞아

내 말이 맞지

부드러운 말은
부드러운 관계를 만든다네
따뜻한 말은
서로를 뜨뜻하게 만든다네
친절한 말은
배려하는 사회를 만든다네
아름다운 말은
행복한 세상을 만든다네

말 한마디 더 할까나
내 말 맞지!
잘 들어봐
다 너 잘 되란 말 이야

미래로 가려거든

미래로 가려거든
변화해야
맘껏 공부하게 교육 환경을
소신껏 교육하게 제도개선을
힘껏 신경 쓰게 전문성을
정성껏 노력하게 보상을

미래로 가려거든
행동해야
맘껏 할 수 있게 자유를
소신껏 전념하게 책임을
힘껏 가르치게 열정을
정성껏 보살피게 존중을

미래로 가려거든
이 모든 걸 품어야 교육 희망이다.

나는 점쟁이다

난 오늘도 교실로 간다.
점을 보러
무슨 점을 보러 가느냐고 묻지 말아라.
난 매일 점 보는 인생이다.

지금 점쟁이가 다 되어간다.

무슨 점을 보느냐고 자꾸 묻지 말아라.
한 명 한 명 학생 점을 본다.

장점과 단점이 내 눈에 자꾸 들어온다.
뛰어난 점, 우수한 점, 안타까운 점, 속상한 점
나는 배울 점을 깨닫는다.

지금도 매일 점을 본다.

인정받고 살고 싶다.

청춘같이 살고 싶고
언제나 칭찬받고 살고 싶고
누구에게나 사랑받고 살고 싶다.

인정받고 살고 싶고
언제나 존중받고 살고 싶고
누구에게나 존경받고 살고 싶다.

언제 어디에서나
행복하게 살고 싶다.

난감하네

삐뚤어진 교권 경시
학생들의 업신여김

훈계는 과도한 인권 피해
욕설은 못 들은 척
교육 현장 걱정되고
교육 열정 빼앗기네

참자니 힘들고
탓하자니 걱정되어
세상에 이런 일들이
난감하네!

기다리고

도와주고 기회 주고
이해하고 인정하고
경험주고 기다리고 흥미 갖게 격려하고

존중하고 인내하고
칭찬하고 기다리고
재미 갖게 도와주고 도전하고 시도하게

기대하고 기다리며
기도하며 기다리리

역지사지(易地思之)

너와 내 생각의 차이

보는자와 관찰하는 자의 관념의 차이

생각과 가치의 가치관 차이

이리 보고 저리 보는 눈의 차이

해본 일 안 해본 일 경험의 차이

신분상 계급의 차이

이성과 감성의 느낌 차이

가르치고 배우는 태도의 차이

내가 너를 이해하면
네가 나를 존중하지!

살맛 난다

존중받을 때
인정받을 때 살맛 난다.

감사할 때
감탄할 때 무지 살맛 난다.

칭찬받을 때
격려해 줄 때 더욱 살맛 난다.

고맙다고 말할 때
존경받을 때 더욱더 살맛 난다.

인정과 지지해 줄 때
누구나 다 그렇다.

쉴 때가 기쁘지 아니한가?

출퇴근이 사라지니 기쁘지 아니한가?
수업을 멀리하니 기쁘지 아니한가?
보수를 받게 되니 기쁘지 아니한가?
힐링하게 되니 기쁘지 아니한가?

연수를 듣자하니 슬프지 아니한가?
가정 살림 책임지니 슬프지 아니한가?
교재연구를 해야 하니 슬프지 아니한가?
집에서도 업무하니 슬프지 아니한가?

이 모든
기쁘고 슬픈 이 일 방학
또한 다 지나가리

시간이 없네!

학교에서는 바빠서
연구하고 싶은데 시간이 없네!
연수 듣고 싶은데 시간이 없네!
학생 상담하고 싶은데 시간이 없네!

가정에서는 힘들어서
가족과 함께 지내고 싶은데 시간이 없네!
운동해야 하는데 시간이 없네!
마음공부 하고 싶은데 시간이 없네!

수업 마치면
왜 이리 빠르게 시간이 가는지
오늘도 정말 시간이 없네!

괜찮은 교사

좋은 교사는 견디는 선생님이다.
즐겁지만 마음 아픈 교사
그들에게 상처 입은 교사
속상한 마음과 정신과. 육체가 힘든 교사
모두 다 좋은 교사이다.

좋은 교사는 부드러운 선생님이다.
따뜻하게 격려하고 인정받는 교사
열정과 사랑으로 희망을 주는 교사
보람과 만족이 충만한 긍정적인 교사
사랑스러운 교사이다.

이 세상에 공짜는 없다.
아픈 상처 없기를 바라지마오.
아픔은 성숙해지게 하며 성장하게 한다.
상처 딛고 일어서는 성찰하는 교사
그대여 진정 괜찮은 교사다.

양극화(兩極化)

교실 학생 수 차이는 꿈의 공간 양극화
연구하는 열정과 사랑은 전문성 양극화

점수의 편차는 평가 결과의 양극화
양심의 무게는 인성의 양극화

재산의 많고 적음은 부의 양극화
도전과 성취는 꿈의 양극화

양극화 줄이는 게
균형 잡힌 미래 교육
지속 가능한 미래 교육

내 마음

처음 먹은 마음은 초심이요
무작정 하는 마음은 열심이고
모든 것은 내가 아는 양심이라.

우러나오는 마음은 진심이며
함께하는 마음은 합심이며
절대로 흔들리지 않는
뿌리 깊은 마음은 중심이라.

만약에

만약에 청소년으로
다시 간다면
시간 낭비 안 하고 노력하리라

만약에 청춘으로
다시 간다면
열정과 사랑을 더 퍼부었으리라

만약에 중년으로
다시 간다면
여행을 많이 떠나리라

만약에
나를 돌아볼 시간이 있다면
건강과 명상을 하였으리라

가야 할 길

앞으로 가야 할 길
빠르고 바른길만 있을까?
구불구불 험난한 길도 있다.

누구나 가야 할 길
혼자 가는 샛길도 있을까?
빠른 것 같지만 막힌 길도 있다.

내가 가야 할 길
원하는 길 바라는 길이 같을까?
천 리 길도 한 걸음부터 걸어간다.

함께 가야 하는 길
다른 길도 있을까?
내가 가야 할 이 길은 새 길을 만드는 일이 된다.

다양한 것들

다
양
한   학생   학교
     창의적인 방법으로

다
양   흥미   적성   취미   특기
한   습관   성격   태도   능력
     맞춤형 교육으로

다
양
한   수업   평가   기록
     계획대로 일관성으로

다
양
한   교사   과목   시험   교육
     전문적 역량 함양으로

나뿐인 교사

바른 교육하는 올바른 선생님
좋은 수업하는 좋은 선생님
옳은 말 전하는 옳은 선생님
지식이 풍부한 똑똑한 선생님
마음이 따뜻한 선생님
당신입니다.

나쁜 교사는 누구인가?

나뿐인 교사?
나뿐인가 하노라.

전문가

교사는 전문직이라고들 하던데
가르치는 전문가
무엇을 가르치나?
지식을, 인격을, 가치를, 철학을….

교육 전문가? 평가 전문가?
알고 보니
진도 나가고 평가하는 지식 전달 노동자
가치와 현실을 오고 가는 정신 노동자
늘 서서 말하는 육체 노동자
마음을 헤아려야 하는 감정 노동자

교사는
전문가인가? 전문직업인가?
그냥 Teacher이다.

시원하다

우리 선생님 공개수업
교실 뒤 편에 학부모, 동료 교사, 관리자
무엇이 궁금한지 와서 그냥 본다.
쫑긋 세우고 뚫어져라 쳐다보고
학습지, 에듀테크 대기하고
모두가 교사와 학생을 쳐다보고 기다린다.

우리 선생님 준비한 땀 맛이 제멋이다.
칠판엔 또박또박, 모니터는 짜잔
쓱싹쓱싹 소곤소곤 쫑알쫑알 소리 내며
뇌를 깨우는 생각하는 시간이다.
매일이 아니라서 천만다행이다.
준비하느라 수고 했다.

이제 마치니 속 시원하다.

수업하기 싫은 날

오늘따라 수업하기 싫다.
늘 집중하지 않는 그 교실 가야 하니까
내 맘에 드는 학생이 적은 교실
잠자는 학생이 왜 이리 많은지
내 마음 아프게 한 교실 가는 날 괴롭다.

미소 짓고 싶어도 수업하기 싫다.
심신의 괴로움과 힘들기만 한 오늘
내 마음의 아픈 상처는 누가 치료하지
누군가에게 투정도 하고 격려받고 싶은데
나는 이렇게 살아왔고 지금도 힘들다.

오늘따라 더욱 수업하기 싫다.
기쁜 일 슬픈 일 화냈던 일 모두 간직한 채
발걸음 가볍게 가고 싶다 내 마음 아프게 한 교실
그래도 난 오늘도 해야 한다.
그래서 나는 교사다.

나는 점쟁이다

난 오늘 교실로 간다.
점을 보러

무슨 점을 보러 가느냐고
묻지 말아라.

나는 매일 점보는 인생이다.
지금 점쟁이 다 되어간다.

무슨 점을 보느냐고
자꾸 묻지 말아라.

한 명 한 명 학생 점을 본다.
장점과 단점이
내 눈에 자꾸 보인다.

뛰어난 점,
우수한 점,
안타까운 점,
속상한 점,

나는 배울점을 꺄닫는다.
지금도 매일 점보는 인생이다.

4부 모두 아름답게 사는 길

그림 원성균
감악산 - 등산하다가 계곡의 물과 바위가 아름다워서

제4부 모두 아름답게 사는 길

내 마음의 시

말하기 듣기

말하고 듣는 것은 의사소통에 있어서 매우 중요하다.

탈무드에는 "인간은 입이 하나 귀가 둘이 있다. 이는 말하기보다 듣기를 두 배 더하라."라는 말이 있다. 삶의 지혜로 잘 듣는 것이라는 의미다. 말하기와 듣기는 사람의 능력을 키워준다. 후회하는 말은 말을 잘하지 못하거나, 잘못 말한 것 때문이다.

경청(傾聽)은 차원이 높은 태도이다. 듣는 일 중 고차원적인 일이다. 말하는 이의 감정을 헤아리며 공감하며 듣는 일이다.

영국의 비평가 토머스 카라일은 "웅변은 은이요, 침묵은 금이다."라는 말로 유명하다. 말을 많이 하면 실수가 생긴다는 뜻이다. 그래서 침묵은 금이라는 말이 있다. 그렇다고 누군가가 말할 때 입 다물고 있으라는 이야기는 절대 아니다. 경청하라는 의미다. 말에 동의하면 끄덕이고, 적절한 반응을 보이는 것이다.

이 일을 한다.

교사는
공부해야 한다.
공개수업을 한다.
정보를 제공해야 한다.
관계를 잘 맺어야 한다.
소통 잘해야 한다
적극적이어야 한다.
인내해야 한다.
관찰 잘해야 한다
수업을 도와주어야 한다.
기다려야 한다.
늘 그러해야 한다.

교사는
희망을 바라보며
한결같이 즐기며
한평생 이 일을 한다.

배우고 가르치고

오늘도 무사히
지금도 감사하게
내일도 그러하길 바라며
나는 지금도 수업하는 교사이다.
오늘도 가르친다.

오늘도 감사히
내일은 행복하게
날마다 그러하길 바라며
나는 항상 가르치며 배우는 학생이다.
지금도 배운다.

수업을 즐기며
그때그때
학습활동을 함께한다.
그저 묵묵히
배우고 가르치는
선구자다.

다들 힘내

지금 힘들 때인가?
업무가 너무 많아서
보고해도 끝이 없네!

지금 힘들 때인가?
학생이 많아서
상담해도 또 하게 되네

지금 힘들 때인가?
했던 말 또 할 때
평가하고 기록할 때

지금 힘들 때인가?

내 힘들다.
다들 힘내

교사의 행복이다

시작종 칠 때
들어갈 교실이 있다는 게

수업할 때
의미와 가치를 나누는 게

함께할 때
즐거움과 만족이 느껴지는 게

마치는 종 칠 때
아쉬움에 즐거움이 교차하는 게

교실 나올 때
보람과 만족을 느끼는 게

늘 반복하는 게
교사의 행복이다.

진정한 공부 목적이다

공부란 무엇인가?

공부 왜 하지?

공부의 목적은 무엇인가?

어릴 때 공부는?

모르니까 알려고 공부한다. 호기심과 궁금증이다.

학창 시절 공부는?

상급학교 진학하려고 공부한다. 현재 하는 시험공부다.

커가면서 공부는?

직업을 선택하려고 공부한다. 생계유지를 위한 공부다.

지금의 공부는?

전문지식과 기술을 쌓으려고 공부한다.

이제부터 공부는?

정신적인 공부다. 인생 공부이다.

사회 기여와 자아실현의 공부다.

우리들의 삶

어린이 삶이란,
모르니까 어린이요 커가니까 청소년이다.

청년 삶이란,
사랑과 낭만의 청춘이요,
삶은 앎의 변화이다.

교사의 삶이란,
가르치며 배우는 삶이요,
삶은 앎이요,
앎은 행하는 과정이다.

앎은,
삶이고,
행함이다.

평생학습

언젠가 배우고
지금까지 가르치네!
어제도 오늘도 내일도 가르치고
매일 배우나 보다.
나는 지금도 가르치고
내일도 가르치고
지금도 배운다.

배워서 남 주자니 아깝지 않지만
빈 곳을 채우려니 시간이 부족하네!
날마다 배우고 가르치고
지금도 내일도 건강하고 행복하게
다음에도 늘 그러하길 바라며
나는 늘 가르치며 배운다.

결국
평생학습 한다.

일생(一生) 바람이다

바람이 이리저리 부는 대로
구름처럼 뭉치고 나뉘는 대로
계곡물이 잔잔히 흐르는 대로
그저 바람이 부는 대로
시간이 빠른 대로
세월이 가는 대로
나이를 먹는 대로

학교 교실에서 종 치는 대로
교과서 다른 데로
교육제도 바뀌는 대로
시행착오 겪는 대로
한때 되돌릴 수 없는 삶대로
창조하고 도전하고 순응하며
생각하며 사는 대로
행복하게 살겠노라.

일생의 바람이다.

노인을 생각하다

Bravo, Bravo, Your Life !

학교에 오랜 기간 가르친다는 것은 어마어마한 일이다.

벤저민 프랭클린은 "이 세상에서 가장 훌륭한 질문은 바로 이것이다. "내가 이 세상에 살면서 잘할 수 있는 것은 무엇일까?""라고, 말했다.

학교에서는 교직원과 학생들이 어울리며 지내는 공간이다. 한 해 한 해 지내보면 나이를 먹는다는 것을 잊을 때가 많다. 나의 삶의 형태나 추구하는 목적이 학생들과 당연히 다르다. 가르치고 배우는 태도의 차이로 삶의 비전과 가치는 다르나. 교사는 삶의 가치에 대한 정립이 필요하다.

학생들에게 나이를 먹을수록 세상을 바라보는 분별력과 삶에 대한 가치가 다름을 가르치게 된다. 학교는 장유유서(長幼有序)의 질서가 있음을 알려준다. 가정생활에서 어른들을 대하는 태도 경로효친(敬老孝親)을 강조한다. 어른 공경 의식에 청소년들의 버릇없음은 어느 시대에나 기성세대의 눈에 거슬렸다지만 태도와 가치관이 중요하다.

유대인 격언에 "늙은 사람은 자기가 두 번 다시 젊어질 수 없다는 것을 알고 있지만, 젊은이는 자기가 나이를 먹는다는 것을 잊고 있다."를 되새기게 된다.

누구나 노인이 된다. 노인이 가장 잘할 수 있는 일은 경험을 제공하는 것이다. 노인은 지식인이며 지혜로운 사람이다. 대한민국 노인천국을 기대한다. 노인은 후대에 지혜를 제공한다.

노인(老人)은 노인(勞人)이 아니다.

그냥 노인(Know인(人))이다.

경력 교사는 저 경력 교사에게 성장하는 어른이 되도록 안내해야 한다. 저 경력 교사도 학생들에겐 나이 많은 어른이고 노인(老人)이다. 신규교사도 학생들보다 나이가 많으니까 노인(Know인(人))이다. 서로 사랑하고 사랑받고 사랑 나누는 노인(Know인(人))이 되길 희망한다.

우리나라의 모든 학교에 바른 삶을 실천하며 가르치는 노인(Know인(人))을 사랑하자. 행복한 노인(Know인(人))이 즐겁게 사는 나라가 천국이다.

노인천국(Know人천국) 대한민국 노인 만만세

군자의 인생 3락(三樂)

學而時習之, 不亦說乎(학이시습지, 불역열호)

젊어서 배우고 때때로 익히니

기쁘지 아니한가?

有朋自遠方來, 不亦樂乎(유붕자원방래, 불역락호)

벗이 멀리에서 찾아오니

즐겁지 아니한가

人不知而不慍, 不亦君子乎(인부지이불온 불역군자호)

남이 나를 알아주지 않아도 화나지 않으니

군자답지 아니한가?

신언서판(身言書判)

신(身)은 몸가짐이요 예의범절이고

용모단정과 미소 짓는 밝은 표정이요

언(言)은 말재주이요 긍정적인 언어이고

경청과 공감과 공손하고 따뜻한 말이요

서(書)는 필적이요 오늘날 메시지 표현이고

존중하는 표현과 바른 말 고운 말의 사용이요

판(判)은 옳고 그름을 올바르게 판단하는 이치이고

인격을 판단하는 도덕적 가치관이 되리라

신언서판

척 보면 다 안단 말이야.

알지 못 하네

모르니까 배운다.
철부지가 다 그렇다.

배운다고 다 알지 못한다.
평가해야 확인된다.

글을 읽는다고 다 알지 못한다.
정리하여 쓰고나서 알게 된다.

말하지만, 알려주지 못한다.
설명해 봐야 이해하게 된다.

난 잘 모른다.
모르니까 연구하고 준비하고
가르치면서 알게 된다.

내 마음

일단 하고 싶은 마음
이는 관심이라
관심을 가지면 하고자 하는 욕심이라

처음에 품은 나의 마음
열심히 하다 보면 하기 싫을 때도 오네
이때 중심을 잡고 해내는 나의 굳은 마음
이를 뒷심이라 하네

뒷심을 발휘하면 성취하네!
그러면
무슨 일이든 즐거워진다.

내 마음
진심이다.

다른 생각

수학자는 더하기

산부인과 의사는 배꼽

경찰관은 교차로

목사는 십자가

간호사는 적십자

약사는 녹십자

보는 눈이 다름

생각의 차이

다르게 보는 게 당연하다.

바빠요 기뻐요

바쁘다 바빠
목표 있는 바쁨 도전하는 바쁨
허둥지둥 바쁨 이리저리 바쁨
지금도 바쁘지만 감사한 하루
오늘도 늘 바쁘다 바빠

기쁘다 기뻐
성취하는 기쁨 결과 있는 기쁨
무사한 기쁜 의미 있는 기쁨
오늘도 기쁘지만, 행복한 하루
오늘도 늘 기쁘다 기뻐

접고 펴고

얼굴 펴고
인상 펴고 주름 펴고

허리 펴고
가슴 펴고 어깨 펴고

책도 펴고
팔자 펴고 웃음꽃 피고

인생 펴고
모든 걸 접고 이제 마음껏 펴라
그게 인생이다.

바른말, 고운 글

내 생각을 보여주는 글
그때 마음을 열어 주는 글
온 세상을 바라본 글
미래를 대비하는 글

삶이 행동을 위하는 글
인생의 가치를 생각하는 글
행복을 부르려고 손짓하는 글
모든 이 마음을 표현하는 글
바른 말 고운 말

오늘을 새롭게
내일을 이롭게
바른 글 고운 글이 그러하게 만든다.

내 나이

지금 내 나이는?
젊은 시절 아쉬운 나이
시간의 소중함을 느끼는 나이
Time is Money 절실한 나이

수업하기 딱 좋은 나이
존중받고 싶은 나이
자아실현 하고 싶은 나이

친구가 그리운 나이
가족의 소중함을 느끼는 나이
건강을 생각하는 나이

내 나이
온갖 걱정하기 딱 좋은 나이

만남과 헤어짐

만남은 반갑다
만남은 인연이다. 만남은 소중하다.
만남은 감사하다.
만남은 다시 새로운 만남이다.

헤어짐은 순간이다.
헤어짐은 그리움이다. 헤어짐은 외로움이다.
헤어짐은 이별이며 헤어짐이다.

만남도 헤어짐도 영원한 이별은 아니다.
만남은
다시는 보지 못 볼지도 모르는 거고
헤어짐은
늘 기다리는 만남이다.

만남과 헤어짐은 친구다.

생각이 나네

지난 시절 그때 그 얼굴
보고파진다.

지난날 새록새록 떠오르는 좋은 추억
그리워진다.

험한 세상 묵묵히 걸어온 길
생각이 난다.

내 마음을 바꾸며 살펴보니
삶이 새로워진다.

이 모든 게 행복해진다.

나는 몰라요

누구를 만날지 아무도 몰라요
취미도 흥미도 몰라요
가정환경 아무것 몰라요
어떤 학생인지 나도 몰라요

누구를 만날지 아무도 몰라요
능력도 가치관도 몰라요
교육 철학 무엇인지 몰라요
어떤 선생인지 나는 몰라요

몰라서 어떻게 하나?
괜찮아요.
몰라도 돼
알아가는 게 인생이야.

오늘 하루

하루하루

신나는 하루
기대되는 하루
시원한 하루
보람찬 하루

멋진 하루
즐거운 하루
감사한 하루
행복한 하루

오늘 하루

하다 보니

학교에서 근무하다 보니
많이 배운 교사보다
겸손한 마음으로 헤아리는 교사가
훨씬 좋더라

교실에서 수업하다 보니
실력이 다가 아니고
학력이 다가 아닌
친절하게 행동하는 예절이 바른 학생이
제일 좋더라

학교에서 살아 온 동안
사람 귀한 줄 알고
사심 없이 긍정적인 태도로
따뜻하게 행동하는 베푸는 교사가
최고더라

나는 행복하겠네!

즐거울 때 함께 웃고 지낼 사람이 있다면
속상할 때 공감하며 위로해 줄 사람 있다면
어려울 때 도와 줄 사람이 있다면
힘들 때 힘이 되는 말을 해 줄 누군가 있다면
나는 행복하겠네!

그리울 때 찾아와 위로해 줄 사람이 있다면
외로울 때 한 마디 격려 지지해 줄 사람이 있다면
부족할 때 나누어 줄 누군가를 만난다면
항상 행복하겠네!

기쁠 때 함께 웃을 사람이 있다면
슬플 때 눈물을 함께 사람이 있다면
화날 때 화풀이 받아줄 사람이 있다면
정말 행복하겠네!

꿈 이루리라

내 주변의 모든 것을   역량 함양을 위하여
        사   연
        랑   구
        하   하
        리   리

배우고 익히는게 일이요, 많은 업무 하느라 힘들지!
        휴
        식
        하
        리

     보람과 만족이 기다린다.
힘   인
내   내
시   하
라   이 모든 것을   리

이 말, 그 말, 저 말

이 말이 좋아
격려하는 말 잘했어.
칭찬하는 말 멋져요, 최고예요.
지지하는 말 널 믿는다
인정하는 말 역시나

저 말도 좋아
배려하는 말 고마워요.
위로하는 말 누구나 다 그래
사랑하는 말 사랑해요.

그 말은 더 좋아
한 번 내뱉은 돌이킬 수 없는 말
너무나도 안타깝구나!

이말 저말 그날 모두 좋구나! 좋아

누구든지

아무나
생각이 있고
상상을 현실로 만들고

누구든지
생각을 표현하고
편리한 생활로 바꾸고
사회를 변화시키고
세상을 변화시킨다.

당신은
변환자 이다.

오늘도 무사히

오늘도 무사히
내일은 또 주어지는 하루이다.
하루도 같은 날이 없었다.
불안한 날 걱정하는 날
신나는 날 기다리는 날
안타까운 날 그냥 허구한 날 하루
고통스러운 날 불안한 날

지치고 힘든 날
오늘의 삶이 나 자신을 위한다.
하루의 의미는 알지 못하니
요즘은 하루가 너무나 짧다.

힘든 날 견뎌야 하는 이유는
기대되는 날 내일을 기약하며
살아야 하는 의미다.

성실하게 산 오늘 하루하루
내 인생이 합집합이다.

나의 일상
잘 살아야 한다.
내 삶이 예술이다.
인생은 짧고
예술은 길기만 하구나.

이런 교사가 좋구나

난 교사는
어려움 극복하고 지위를 추구하는 교사
노력하고 승진 추구하는 잘난 교사

든 교사는
학문을 탐구하며 학식이 풍부한 교사
세상일 관심보다 진리 탐구로 지내는 교사

된 교사는
인격 형성을 우선으로 생각하는 교사
정직과 성실, 겸손과 예의로 본보기 되는 교사

난 교사 든 교사 된 교사 다 좋지만
똑똑한 교사보다 따뜻한 교사
타인을 인정하고 존경하는 홍익인간 교사
이런 교사가 더 좋더라

난 괜찮아

나를 돋보이는 절호의 기회
오늘도 보여주는 내 수업 자신감
나를 포장하는 껄끄러움도 잠시
내 두려움이 사라지면 좋으련만

오늘따라 협조하지 않는 이상함
준비한 모든 것을 보여주지 못한 속상함
서로 말하지 않아도 그 시간 불편함
자괴감은 사라지나 자신감이 넘치지 않고
다음엔 또 하고 싶지 않은 내 마음

언제나 늘 해야 하는 그 일
지금도 미숙하여 자신에 대한 한심함
실수를 통해 늘 배우는 나를 믿는다
모든 것 사랑하며 오늘도 난 괜찮다.

마음 쓰는 교육을 바라다.

내 마음
공감하는 내 마음
인정하는 내 마음
지지하는 내 마음
격려하는 내 마음
공감하고, 감동하고, 감탄하고,

내 마음 어디로 가는가?

교육
머리 쓰는 교육 이제 다 되어간다.
머리에서 마음까지 가는 교육

거리가 너무 먼 걸까?
마음에서 행동으로 가는 교육
아직 멀었다.

나 어떻게?
'다 그런 거지 뭐'하고 지나칠까?

지금부터 시작이다.
인공지능 시대 마음 쓰는 교육이 제일이다.

때가 되면

지금 내 심정 무엇일까요?

수고했다는 사람 많고
잘했다는 사람 많고
고맙다는 사람 많고
잘 봐주는 사람도 많고,

지금은
무엇을 하든 신명도 줄어들고
알아주는 사람 없고, 써먹을 것도 없고
무엇을 안 하자니 여태 해온 게 아깝고
하자니 안 받아주고
만나자니 불편하고, 안 만나자니 보고 싶고
지금의 내 심정이라

때가 되니
모두가 감사한 일만 남는다.

초심

초심(初心)은
처음에 품은 나의 마음
초심은 성공으로 가는 첫걸음
시작하는 내 마음

근심(謹審)은
할까 말까, 고민하는 마음
걱정해서 걱정이 해결되면
걱정이 없게 되는 내 마음

작심(作心)은
안 되면 되게 하라
생각만큼 잘 안된다고 실패한다고
상심하지 않는 내 마음

동심을 가지며
순수하고 깨끗한 마음으로
초심으로 다시 한다.

삶이란 무엇인가?

어린이 삶이란
모르니까 어린이요 커가니까 청소년이다.
청년 삶이란
사랑과 낭만의 청춘이요
삶은 앎의 변화이다.

교사의 삶이란
가르치며 배우는 삶이요
삶은 앎이요
앎은 행하는 과정이다.

앎은
삶이고
행함이다.

이런 버릇

입버릇으로
못하면 비난과 불평을 삼가고
칭찬과 감사를 만들라네

몸 버릇이여
표정은 찌푸린 얼굴보다는
늘 활짝 웃는 사람이 되라네

마음 버릇은
학생 행동에 부정적인 생각을 버리고
늘 긍정적인 생각을 하라네

축복이다

이 일이 세상에 작은 봉사지만
큰 보람을 느끼는 행복의 길이라네

사랑 주고 존중받고 인정받으며
많은 꿈을 갖게 전하는 꿈 전도사이다.

온갖 시련 다 극복하고
고통 미움 삭이며
기다리고 기다리니
이 또한 즐겁지 아니한가?

한평생 이 길을 걷는 그대여
보람을 느끼며 만족하는 지금
이게 축복이다.

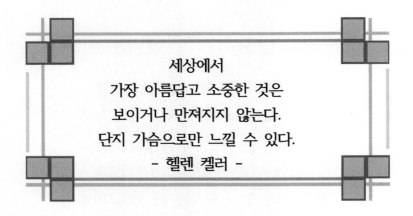

세상에서
가장 아름답고 소중한 것은
보이거나 만져지지 않는다.
단지 가슴으로만 느낄 수 있다.
- 헬렌 켈러 -

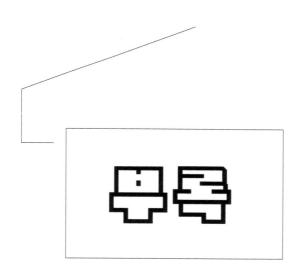

칼럼 - 메이커(Maker)?

한국교육신문	
[현장 칼럼] 인공지능 시대의 메이커교육 지속 가능한 대한민국의 위대한 미래를 위해, 홍익인간의 이념을 실천하는 메이커교육 문화확산을 기대합니다.[2]	
교육 연합신문	
[교육칼럼] 인공지능 시대의 공부는 메이커로 "지속 가능한 대한민국 위대한 미래를 위하여, 홍익인간의 이념을 실천하는 메이커교육을 기대합니다."[3]	

---

2) 한국교육신문 https://www.hangyo.com/news/article.html?no=96737
3) 교육 연합신문 http://www.eduyonhap.com/news/view.php?no=64664

그림 원성균
장소 강당골 -고등학교 미술부 선후배와 스케치하러 가서

좋은 글 멋진 글 아름다운 글시

내 마음의 시(詩)

저자 | 글 강신진
　　　그림 원성균

발 행 | 2022년 11월 24일
펴낸이 | 한건희
펴낸곳 | 주식회사 부크크
출판사등록 | 2014.7.15.(제2014-16호)
주　소 | 서울특별시 금천구 가산디지털1로 119
　　　　(SK트윈타워 A동 305호)
전　화 | 1670-8316

ISBN　979-11-410-0316-6

www.bookk.co.kr
ⓒ 강신진 2022